怀揣手艺的人

凸凹 著

中国工人出版社

时间轴转动当中的新鲜诗意

——“工业诗丛”总序

霍俊明

未来已来，预言是对接舱口

——杨克

新的秩序和前所未有精神的焕发

——桑子

时位移人，诗随世变，诗歌应该成为最纯粹最自由的“动词”用来应和时间轴的转动，在每一次时光流转和时代更迭中新鲜的诗意也相应而生。众所周知，每一时代的“诗意”“诗性”以及诗风是有一定区别的，比如古典的农耕文化和乡土文明就与当下城市化、速度化、媒介化的现代性景观的“诗意”迥然不同。我们尤其要注意到在现代性的进程之中，复杂的崭新的时代经验都应该是诗歌以及文学中“诗意”的重要构成部分。此次中国工人出版社推出的“工业诗丛”让我们再次聚焦诗歌与时代的交互，围绕“工业诗歌”或“工业叙事”展开相关讨论。

1.

任何一种“主题写作”都要尽量避免社会学的知识套用以及伦理化和道德化的发声优势，诗歌写作没有任何终南捷径可言，蹭热度的跟风式写作最容易被时代与人民抛弃。我们最终衡量作品和作家的标准永远都是历史性和美学性的融合，二者缺一不可。对于诗歌创作而言，“诗”“诗性”“语言”是第一位的，这也正是我近年来一直强调的“诗性正义”之所在。

显然，与新时代、新科技、新产业、新行业、新材料、新能源等密切关联的主题创作正在成为新的生长点。此次纳入“工业诗丛”的有杨克的《每一粒光子的轨迹》、凸凹的《怀揣手艺的人》、桑子的《向天空拉满弓》以及王二冬的

《该怎样将一个快件递给你》。他们通过各自差异性的视角、观照区域以及抒写方式为我们展现了新时代背景下“工业诗歌”的新景观以及新鲜的诗学和社会学话题。这些诗歌为我们认知科技新变、行业动态、工人群体精神样态以及新工业的机制、生态、场域提供了多样化的切口和路径，一定程度上也为我们提供了具有新质的现实经验和诗歌经验。

工业转型是时代转型的一部分，而时代转型也必然影响到行业从业者的人生观、价值观、世界观，必然影响到每一个创作者的心态以及日常生活的方方面面。从传统工业到新工业以及后工业，越来越多的新的时代经验迎面来到诗人面前。那么，诗人该如何有效地通过诗歌的形式来回应、处理、转化和提升时代经验进而传达出新鲜的文学经验？这是每一个诗人必须面对的现实难题和诗学命题。时代巨变使得工业以及相应的话语场都发生了动态变化，而具有时代感、现实感和求真意志的诗人有责任来面对和发现新工业与时代以及每个人的内在关系和深层心理机制。

杨克是二十世纪五十年代出生的诗人中最早关注城市以及工业的诗人，甚至早在1985年他就对厂房、工地、水电站大坝、截流、搬迁、操作架以及工人的命运予以了“提前量”式的深度观照。这与其生活、工作的经济发达的广东显然有直接关联，当然更重要的在于一个诗人超常的敏感程度和发现生活的意志。时代更迭，江山新变，在杨克这里古典化的诗意“唯见长江天际流”已经在不期然间转化为由华强北、高铁、大国重器、跨海大桥、悬索桥、自动化码头、机械臂、无人机、云时代、人工智能、大数据、人机交互、虚拟现实、卫星星链、纳米、芯片、光子、质子、量子纠缠、基因胚胎、暗物质等构成的前所未有的新工业化的图景和现代性的诗性内核。显然，诗人为我们打开了一道崭新而奇异的时空之门，未来已经成为诗人关注的时间轴。

引力波连接百亿光年星系
我与宇宙里无数个遥远的我
人机交流，而月亮的真相

想象力在唐朝就提前抵达

恍惚中，我们从十维空间
再度重临曾经的世界
戴上多D炫彩眼镜
我看见暗物质，周围如此精彩

——《在华强北遇见未来》

在这些关注时代、工业以及科技新鲜图景的诗作中，杨克既是一个好奇者、凝视者、介入者，又是具有反思精神和人文情怀的深沉歌者。这印证了无论面向传统、历史、现实还是新变以及未来，诗人为我们提供的应该是具有共情空间的想象共同体，而非浅层的外在描摹、镜像反射以及新鲜时代词语的搬运工。

2.

杨克诗集中有一首诗《大国工匠》，凸凹的整本诗集《怀揣手艺的人》都是对这一题材的叠合抒写。凸凹将60位中国工匠以诗化和整体化的方式呈现出来，他们的群像也构成了极为生动的历史景深以及时代表情。值得注意的是凸凹是从历史与现实的双重维度来深入对话这些中国工匠的，无论是在时间跨度还是行业广度上都对诗人提出了非常高的要求，如果没有广博的知识、相关领域的研读以及相应的感受和想象是无法有效完成这一写作任务的。应该说，凸凹在侧重工匠精神的前提下呈现了各行业领军人才的杰出禀赋，“工匠之为工匠，是他比常人多一只眼，多一只手”（凸凹《从工匠到工匠》）。与此相应，每一首诗正文之前的与抒写对象相关的材料介绍起到了“传记”式的历史效果。因为这些诗都是以人物（劳动者、劳模、工匠）为抒写中心，所以诗歌体现出个人化的历史想象力和求真意志，诗歌的历史感、命运感以及人物的可信度也因此得以大大提升。据统计，全国 7.7 亿就业人员中技术工人 1.65 亿，其中高技能人才 4700 多万。从制造大国到制造强国、从中国制造到中国智造，这对行业人员尤其是技术人员提出了更高的要求。在凸凹的诗集中，从水利工程、杂交水稻、农艺、评茶、錾刻、酿酒勾兑、敦煌壁画修复、古籍修复、家具修复、烟机修理、钢琴音板、钳工到医师、内镜微创治疗、慢走丝、地质钻探、石油钻探、铁路隧道建筑爆破、桥梁轨道、压电陶瓷、石墨坩埚、核燃料修复、焊轨、数控铣床、无线电装接、集成电路装调、光纤光缆、电网检修、现代火箭、航天科技、航天焊接、航空车削，其繁复以及陌生程度简直如同万花筒令人目眩。

这把刀
可以拿最硬的家伙开刀
可以让万物飞旋如太阳神鸟

这把刀
可以挟持极寒
压抑酷热

可以把一个薄字
无限切下去

让它

薄得

可以透过大气层最熹微的光

照亮最阴暗的物事

——凸凹《刀的道行——致航空车削高级技师王浩》

凸凹这些带有惊异阅读效果的诗正是得益于谱系性诗歌所携带的精神载力、行业魅力、工匠技艺，得益于这些超凡工匠所激活的诗歌世界当中崭新的时代经验以及语言经验。《论语·述而》：“志于道，据于德，依于仁，游于艺。”凸凹将工匠们的技与艺提升到了“道”的高度，“术到极致，几近于道”，即所谓的“技道合一”。这些工匠的技艺不止合乎于道，而且这些技艺是有灵魂刻度的，是有生命体温的。值得强调的是凸凹的这些主题诗作也在一定程度上体现了“工匠精神”，这些诗的时间跨度长达三十五年（1987—2022），而诗人在情感、经验、修辞、语言、技艺以及想象力等方面也突出了精益求精的品质。更为重要的是凸凹对工匠精神有着非同一般的情感认同。在他的家族中，祖父、父亲以及两位伯父都是技术工业人员，而凸凹本人在中专技校和大专学的都是机械制造专业，还曾在三线航天基地工厂当过多年的刀量具设计员、工厂规划员。由此，凸凹就具有了双重身份，既是一位行业工匠又是一位语言工匠，这本诗集正是名副其实的“工匠”向“工匠”的致敬之作。

3.

杨克的《矮寨悬索桥》《基建狂魔借黑科技上天入海》《跨海大桥，或献给港珠澳》是面向基建的，桑子的诗集《向天空拉满弓》则是集中抒写历史与现实贯通当中的中国桥梁文化。比较有意思的是桑子的《矮寨特大悬索桥》可以与杨克的《矮寨悬索桥》对比阅读，看看同题材诗歌之间的差异和特性。

无论是大时代还是小时代，都有诗人在抒写那一时代的史诗进而成为“诗史”的化身，伟大的桥梁文化同样需要伟大的诗篇，桥梁也成为现实和诗歌的双重载体。迄今为止，国内还没有以中国桥梁为承载体的工业主题诗歌集，桑子的诗集则填补了这一空白。中国桥梁文化源远流长，尤其是新时代以来中国的道路建设、桥梁建设展现出前所未有的活力和膂力。一座座形态各异、技术高超、难度翻倍的桥梁跨越高山、峡谷和大江大河，它们通向世界也通向历史和人心。因为工作的原因，桑子几乎天天与桥梁和道路打交道，她对桥梁建设怀着非同一般的情感。正如她所言："作为一名公路桥梁的建设者，我有幸看到了一条条道路以及一座座桥梁的建设过程，一座座桥梁诞生的过程也正是新科技、新工业的历史显影的过程。我有幸一次次去过那些工地，也得以更深层次地去面对、观察、感受和言说这些桥梁的世界。在这种真切的个人化视角的田野考察中我一次次置身于这些钢铁构建和水泥混凝土以及高科技材料当中，我尽力地让自己匍匐得更低，从而更为真切地去记录那些很有可能迅速消失在历史长河中的景象，倾听那些宏大或幽微的声音。”（《我要努力写出的是桥梁“史诗”》）桑子的桥梁叙事不仅关注历史与时代的互动而且强调个人与历史、传统、现实的深度全息对话。她更为侧重内在的精神剧变和心理渊薮，以隐性而又丰富的充满张力的情感故事、人物形象、历史维度、时代视角来构架，显性和隐性构成双层叙事结构。桑子的中国桥梁叙事印证了特里·伊格尔顿所言的文学创作首先是个体的精神事件，围绕着桥梁这一精神场域，诗人生发出历史的声音、时代的声音、桥梁建设者的声音。与此同时，这也是宏大时间背后那些更为细小也更为动人心魄的自我的声音、生命的声音以及自然万物的声音，“仿佛是所有人的命运／我们向北向南/不断与过去和未来的自己重逢”（《伶仃山外伶仃洋——伶仃洋大桥叙事》）。桑子的诗歌话语方式与一般意义上的“女性诗歌”有很大差异，她总是能够在略显宏大的题材和抒写中（比如战争、文化、工业建设）彰显出充满智性和想象力的奇崛空间，她处理、转化和内化历史的能力尤其令人称道。对于桥梁文化，桑子感同身受。这不仅因为她自身行业工作的原因，而且在于她的故乡绍兴本身就是一座桥乡——八字桥被认为是中国的第一座立交桥，所以她的桥梁叙事中出现了诸多与绍兴、浙江有关的桥梁文化元素。工作与故乡文化融合，这就使得桑子与桥梁之间形成了近乎灵魂和命运般的内在呼应和深度交谈。她所抒写的桥梁无论是历史层面的还是现实和技艺层面的，它们都携带了生命内核以及时代的全息影像，这些桥梁也成为大地、高山和大河之间的血脉或信使，成为打通历史、世界、现实以及未来的精神共同体，“每天向天空拉满弓／万矢齐飞／从我们广阔的国度／从无数个世纪出发”（《暴雨中的工地宿舍》）。

4.

杨克的《接单何须问峰横》是献给京东五台山营业部的两位快递小哥孙磊磊和刘伟的，王二冬的诗集《该怎样将一个快件递给你》则聚焦整个快递行业，甚至这几年王二冬已经被贴上了“快递诗人”的标签。

实际上，每一个从业者都是时代叙事的主角，正如王二冬在诗集的序诗中所强调的，“你正参与着这些诗篇的创作 / 它们源于火热的生活”（《致读者》）。王二冬的“快递”诗篇印证了诗意与行业的深刻呼应关系，诗集的四个小辑“收”“转”“运”“派”与现实当中的快递业务流程直接对应，这是名副其实的“现实诗意”。而作为附录部分的“诗解常用快递术语”则以“关键词”和“词典”以及“四行诗”的形式打开了快递行业及其业务流程的多层次空间，包装填充物、电子运单、分拣、封装、即时快递、快件、冷链快递、逆向快递、取件码、手持终端、无接触快递、循环包装箱、异形件、验视、智能快件箱等这些日常生活中人们熟悉或陌生的环节都被赋予了时代性、行业性以及人性和诗性的多重元素。值得强调的是王二冬的这些“快递”诗歌并不拘泥于快递行业，而是以此为中心生成了整体化的生存认知以及价值观、世界观层面的综合性场域。与此相关的时间、空间、人物、事件、场景和生存样态都具有了现实性、生命感和切片式的寓言化特征。这是由点到面、从宏观、中观到微观、从城市到乡村、从行业到个体、从体系到细节的综合化的理解方式、观照方式、想象方式以及抒写方式。“快递员”在王二冬这里既是具象的可感的个体又是群体的象征化的精神肖像。这印证了诗学最终是“人学”，诗歌最终要落实在真实不虚的生命体上，而王二冬打动读者的这些诗作也正得益于此，比如《中国快递员》这首诗。

这是用快件堆起的山
他们独自上山、下山
又在深夜把最后一块石头
刨掉，沉睡中
他们绷紧的身体
才会跌落进溪谷

快递比拼的是速度和时间，正如王二冬所言，“快递的形状就是时间的形状”，而诗人的责任恰恰在于要将这些日常化的流程化的速度景观慢下来并将之定格、放大甚至变形、整合，以便让我们正视那些被忽视的行业内部机制、运行轨迹以及快递从业者的生存细节和命运纹理。

由这些面对时代、科技、行业新变的诗，由这些围绕“工业”展开的差异性叙事，我们也感受到时刻新变当中的时代经验以及新鲜的诗歌经验和写作经验的更新，只有如此，世界和自我才能保持最初的原创性的一面——

光游移不定
像钟摆于人世
我们兴奋于我们未知之事
大跨悬索桥主缆
缠丝火焰钎接焊
每一束光都致命
这是最高的虚构
如苍茫笼罩无从辨识

——桑子《电弧之光》

是的，时代和世界既是庞大无形的又是具体

而微的，对于已知和未知诗人都应该报以“最高的虚构”，这就是所谓的“诗性正义”的获得与胜利。我也迫切地期待着有更多的优秀诗人和优质主题写作加入中国工人出版社的“工业诗丛”的出版计划当中来，让更多的诗歌随着时间轴的转动而生发出新鲜而又持久的诗意！

2023 年 5 月 14 日母亲节，改定于南磨房

从工匠到工匠

凸　凹

所有劳动者中，从事各种产业中的劳动，把劳动做得有形、精美、实用、神奇——做到绝大多数同行不能做到的程度的人，称为工匠。工匠也有高低之分，小地方的、大地方的、区域的，直到雪峰上的大国工匠、国际工匠，林林总总，不一而足。

工匠之为工匠，是他比常人多一只眼，多一只手。

“百工居肆以成其事。”（《论语·子张》）有人的聚落，就有百工。百工出入朝野，蛰身自己的民间，形成自己的江湖。有什么样的江湖，就有什么样的道。道在，江湖才在。技多不压身，是一种道。艺高人胆大，是一种道。良田万顷，不如薄艺在身，是一种道。这种种道，其实就是靠手艺吃饭的道。

手艺人把手艺看得很重，甚至不惜将自己的名誉、家族的命运全押在上面。泥人张、张小泉、胡庆余堂、同仁堂、全聚德、香奈儿、范思哲等牌子，昭示的就是这个意思。

发电机的出现，大大收缩了手作的江湖，百工大量转业或下岗。但创造和操作后工业时代、电子时代、数字时代核心技术的人，何尝不是新时代提档升级的百工?

是啊，一度淡去的、默默无闻的手艺人，正以工匠的名义，高调地回到大众视野。这正像那些乡绅们，穿越时间的墙骨，以新乡贤的面目归来。

本人写的《怀揣手艺的人》，正是为百工的归来献上的一束蓝玫瑰。

工匠的手艺是用上天发明的泥、石（含矿、玉）、草木、水、火、油、气、粮食等万物作材料，我的手艺是用字匠仓颉发明的汉字作材料。一个实实在在，可变吃变穿，养家糊口；一个虚无缥缈，只能低下头思考生命，抬起头仰望星空。

感谢百工，他们成全了我对劳动的敬意，同时让古老的诗歌技艺散发出无用之用的光芒与力量。

我用一本书写百工——写工匠的故土、血脉、人生在手艺上的流布与加持，说到底，是写一股气，一股充盈着中国手艺人不朽传统的气。

但凡工匠，都有匠心、匠气。正是匠心、匠气遵循了工的章程与程式，用慢实现了细，用细实现了精，用精实现了难度，用孤独和心无旁骛实现了众声喧哗。傻傻的，不偷懒，不取巧，一丝不苟，永不言悔，永不言退，直到把光阴打磨黑，又打磨亮。作为工匠，这个是规定动作，是必需的。但优秀工匠的神来之笔、叹为观止的点睛之灵光，一定是在循规蹈矩中独运出来的。匠心、匠气皆需独运，缺一不可。如此，才能手艺独步，一览众山小。这，就是我理解的工匠精神。

一尊乐山大佛，经三代工匠雕凿，历 90 年才完工。一座巴黎圣母院，一建建了 180 多年。慢工出细活儿，在工匠那里，小急也是大忌。

柏拉图在《智者篇》里指出："和神明一样，人间的工匠亦可以制作两类形态或形象，一类是'真形'或样板的仿制品，如具体的、有实体存在的房屋；另一类是对仿制品的再模仿，如艺术作品中的房屋。"亚当·扎加耶夫斯基在回答《人物周刊》记者问"您觉得诗人更像天才还是更像工匠"时说："诗歌这个词就是从希腊语来的，在希腊语中就有工匠的意思。诗人本身就是工匠，要懂语言，懂诗歌的技术。诗歌创作是个作坊，诗人就是工匠，但诗歌在工匠那里长出了翅膀——诗人是长了翅膀的，能飞起来，去更远的地方。"

朱光潜更是一语道破了这册集子对匠与诗进行合成的机括与底牌："凡是艺术家都须有一半是诗人，一半是匠人。"（《谈美》）

基于对诗人的认识，2008年，我把我的一本收录有146首诗的集子，命名为《手艺坊》。基于对工匠的认识，习诗至今，从1987年夏到2022年7月，35年间，我为142名中国工匠写有诗歌，《怀揣手艺的人》收录的60件作品，正是我的“工匠诗”精选集。

我能凭借一册小书为这多工匠造像，甚至能为同一工种（譬如焊工、电工、铣工、车工、维修工、品酒师）写出好几首不雷同，甚至迥异的诗，离不开我早年的理工科知识，科研、生产与经营经历，更离不开对中国古今工匠德艺的感动。为此，我要感谢，用真诚和专业表达诗歌的感谢。

细细理来，我还真算得上出自工匠世家。

祖父魏文汉，焊工，技师。民国时期辗转武汉、太原、上海、南京、湖南辰溪等地，先后就职汉阳兵工厂、兵器工业部重庆空压厂等工厂。曾参加“二七”大罢工。

父亲魏玉阶，毕业于重庆中正中学、重庆园艺学校。“文化大革命”后首批高级农艺师，多有论文发表。生前任万源县茶叶果树技术推广站站长。

两位伯父（魏金阶、魏堂阶）和四位堂兄堂姐，都曾在兵工厂当技术工人，车工、镗工、钻工、机修工，不一而足。

本人技校和大专学的机械制造专业，本科为法学专业。曾在三线航天基地工厂当过多年的刀量具设计员、工厂规划员，先后拥有技术员、助理工程师、经济师、工程师职称。

儿子魏亦，法律硕士，持法律职业资格A级证。出版有长篇时评《炮轰超女》、长篇玄幻小说《1227的三生石》、人文地理随笔《首街》（二人合）等书。也算有那么点状师和写匠的手艺。

给工匠献诗，当然是手艺向手艺的致敬了。

2022年9月25日

目录

春之辑　逝者的水房子

冬之辑 29 岁的大国工匠

| 春之辑 |

逝者的水房子

李冰（战国末期，生卒时间不详），战国时期水利专家、天文学家、盐井开凿专家。秦昭襄王任命其为蜀郡守后，主持兴建了世界著名的水利灌溉工程都江堰，成都平原自此水旱从人，富庶昌盛，成为享誉至今的天府之国。

水房子

——致都江堰水利工程建造主持者李冰

蜀守冰凿离碓，辟沫水之害，穿二江成都之中。此渠皆可行舟，有余则用溉浸，百姓飨其利。至于所过，往往引其水益用溉田畴之渠，以万亿计，然莫足数也。

——（西汉）司马迁《史记·河渠书》

全世界只有你和你的热爱
住在水房子里。你的水房子
是你自己修的

梁、柱、檩、枋和椽的原材料，是水
墙体、屋瓦、门轴和窗棂的原材料，是水
连深入河床骶骨的地基也是水筑的

墨斗、墨线，是水
斧子、凿子、刨子、锯子，是水
所有建房工具都是水

所有的关联都是榫头与卯孔的
暗送秋波，阴阳嵌合
横过来的水，竖起来的水

斜刺里杀入的水
或用于轴承，或用于雕刻太阳月亮星星的
漩涡……水连着水

水作用于水，构件于水
水插入水袖，抽出水袖
排开水，围合水，舞之蹈之水——

严丝合缝
滴水不漏
整座房子容不下一颗铁钉铜销的虚构叙事

怕什么雷击，怕什么地震
水房子总在
时间的脾气却是一再改朝换代

来吧不管什么样的水——
血色的，固体的，物质的和精神的都来
既然是水，哪能被水淹没

水资源有限。你伏案水房子里的书房
著述着与性无关又有关的
杯水主义

祖居的阳平山，房子是水做的
客居的中土，房子是水做的
你走到哪里

水做的房子就跟到哪里
连蜀郡府也是水做的
你和你的属僚——

监御史、郡尉、郡丞、都水官一干人马
水里来，水里去
在水房子里

滴水穿石，尺水兴波。筑坝、修堰、开渠——
玻璃的清廉，玻璃的视阈——
让千里蜀郡，水进水出，运筹水屋之中

这是一座多么奇妙多么滋润的房子
房子里的人，随时可以接受水教育
向水学习

涝知道，旱知道
清浊知道，冷暖知道——
就像第一时间知道，自己的血

是否滴漏、流失、病变
第一时间知道
日月星辰，阴阳五行，是否照耀山水运程

如果没有这样一所房子
你如何向河流发号施令
河流如何向你汇报水事，请示水向

蜀郡府如何向饥渴的人民
水淹的人民
传递一清二白的多彩丰年，曲水流觞？

但你的水房子，既是修来住人的
又是修来住水的
是人的家园，又是水的乡土

水在里面过滤戾气，清洗情绪
蓄养干净的语言，通顺的句子
全心全意为人民服务

这是一幢连苏轼也没见过的房子
否则，世上就不会有这句名诗诞生了
竹外桃花三两枝，春江水暖鸭先知

野人住的树洞
蚕丛住的石头屋，孙悟空住的水帘洞
后世的汽车，都是房子

空气中修的房子叫飞机
在空气都没有的地方修的房子叫太空舱
大海中修的房子叫潜艇

所以，没有什么可以覆盖你的水房子
它在人类经验之外，想象之外
和时间之外

但水房子再大，大得都能装进大海了
也只能住在你心里
——全世界只有你的内心才能住下

现在想来
不光你，有一个国也住在水房子里
这个国叫天府之国

所谓天府之国
就是水打门前流过，自给自足
所有的粮食、爱情和诗歌，都是水念的经

这是一幢小得只住得下一个人大得不能比喻的
　房子
诸陂池的卤水，纷纷走下龙泉山
做了它的龙骨

通向水房子的路径很多——
都江堰工程，二江七桥，天彭阙，盐井
甚至骑一头石犀也行

2020 年 4 月

万户（元末—1390 年），原名陶广义，又名陶成道，浙江婺城陶家书院山长，火器设计制造科学家。他是世界上第一个尝试火箭飞天的人，并在实验中付出生命。为纪念万户，国际天文学联合会将月球上的一座环形山以他的名字命名。

古老的梦想

——致飞天第一人万户

嫦娥奔月，女娲补天
悟空腾云又驾雾
牛郎织女鹊桥会

种种传说在星空的大地
不胫而走
泛着迷人的星光

缘于鹰的启示

万户
终于受不了地球引力的约束
一头撞进箭梦的诱惑

纸镣铐断了
巫枷锁坍塌了
身体的飞行器
长出逆风顺火的翅膀

中华图腾的翅膀
龙飞凤舞的翅膀
从想象到想象
及物的翅膀

自此
人类航天编年史无数填空题中
万户
第一个用生命填写了
飞天的空白

1987 年夏

钱学森（1911—2009年），生于上海，籍贯杭州。空气动力学家，系统科学家，工程控制论创始人之一，中国科学院学部委员，中国工程院院士，“两弹一星”功勋奖章获得者。

珠穆朗玛

——致中国现代火箭之父钱学森

陆路、海路辗转反侧
心路
直得像你打出的一道目光
名字叫救国

你把自己
人生的轨迹
描在天空
弹道导弹和长征运载火箭
便沿着这条轨迹

飞翔起来

事实上
正确的道路，天上人间
如出一辙

你，钱学森
中国现代火箭之父
站立在学术的森林
便是森林的学术
便是大国之大的
珠穆朗玛描述

七部专著，盛不下你
七彩的生命
你的生命
比地球大，比地球远
与祖国齐头并进

1992 年 4 月 29 日

袁隆平（1930—2021年），祖籍江西，生于北京。享誉海内外的著名科学家，中国杂交水稻事业开创者和领导者，“共和国勋章”获得者，国家杂交水稻工程技术研究中心原主任，中国工程院院士，被誉为“杂交水稻之父”。

放牧诗

——致“杂交水稻之父”袁隆平

水稻说什么话，你听得懂
水稻喜欢什么爱情，你心知肚明
就像先祖将野物驯化成
对猪羊牛马、鸡狗鱼兔的放牧
就像一位太守
将野水驯化成天府之国

水稻的共和国
你这个农业的革命家

用新工业发明亚当，发明夏娃
一粒水稻的开天辟地
一茬一茬过来，一茬一茬过去
你的一直在增加又
总比水稻少一粒的同类
在来去之间，有了来去

以前，你在你的地上放牧
水稻在你的地下生长
现在，你在你的地下放牧
水稻在你的地上生长
上上下下
水稻怎么生长你怎么活着

无党无派，向着全世界任何一个人类
放牧阳光、雨露和有关粮食的宗教
就像今天，你的人民的水稻
低垂腰身、头颅
用最沉甸最金黄的胃袋与姿态
放牧感恩与志哀

任水稻从眼眶哗啦啦滚出
浪费得毫无准备与节制

2021 年 5 月 22 日夜

魏玉阶（1930—2007 年），湖北孝感人。生前系“文化大革命”后首批高级农艺师，四川省万源县茶叶果树技术推广站站长。先后毕业于重庆中正中学、重庆园艺学校。1958 年，从茂汶首引苹果和梨于万源县境青花乡试栽成功，将本土海棠嫁接成满山苹果，终结了万源古无苹果的历史，引导了川东地区落叶果树的发展。有多篇学术论文在专业期刊发表。获有地县“先进科技工作者”等荣誉。

刻骨记

——致老区万源高级农艺师魏玉阶

该用怎样的文字概括你一生
作为儿子，我不能涌出感情；作为诗人
我不能夸张修饰。你的墓志铭
单位不写，你不写——写，是我一生
对你一生所做出的唯一冲动
“一九三〇，腊月十一，父亲魏玉阶出生于湖北
孝感祝家湾魏家畈上湾。少年曾徒步自鄂至渝。

先后毕业于重庆中正中学、重庆园艺学校。‘文化大革命’后首批高级农艺师。中共党员。干瘦如柴，声如洪钟，光明磊落，外号‘魏大炮’。毕生精力献给了老区万源县的果树事业。革命一生，清贫一生。”

——这是我，三年前写在《记忆·编年史》
中的文字。它算什么呢——臃肿的人生
体制内的功成名就者？不
没有比你更加骨瘦如柴的了——
一米八的个儿，七八十斤的重
而富有的价值
你也不再乐意以清贫来炫说——
这堆要命的医药票据、借款纸条
让你如此尴尬，脸比苹果红。现在
你生命的最后河段，我必须以最精短
最宏阔、最准确、最有力的闪电和
鹰嘴，为你一生具名。当我写下
“万源果树栽培第一人”九字，你拒绝：
说它没有红头文件，没有相关证书
我说，公元一九五八年

你为万源首引的一百棵苹果树、八棵梨树
就是最权威的红头文件
大巴山中那一坡又一坡最灿烂的红苹果
就是最圆满的获奖证书——
你这把海棠万源
变脸为苹果万源的魔鬼！我说，我无法
代表政府给你，一个小小的县茶果站站长
总结、评价、画像
但我同样不能拒绝
你栽培一生的果树的眼睛
你惠泽一方的
果农的乡语。我必须
用一块黑色花岗石的刻写
用九个字的大海，来拒绝你的拒绝
父亲，恕儿不孝——肆意摆弄一位将死的人
不知会给儿带来好运还是恶报

2007 年 7 月 29 日

罗健夫（1935—1982 年），湖南湘乡人，英年早逝的航天科技专家。生前系航天工业部 771 所工程师。1972 年，研制出第一台图形发生器。1975 年，研制成功Ⅱ型图形发生器。1978 年，Ⅱ型图形发生器获全国科学大会奖。1983 年 2 月，被国务院追授为全国劳动模范。

想起罗健夫

——致英年早逝的航天科技专家罗健夫

我知道
我赖以立足的地方
是一块被称为航天的土地
在这块土地上
我最先想起的是一位叫万户的古人
然后，就是和我省毗邻的
陕西的罗健夫
我知道他英年早逝

死因与一座金字塔有关
他一生都在建构金字塔
汗水和智慧砌进去不算
在缺材短料的年代
最后把生命也砌了进去
这事看起来有些漫不经心
却震动了中国朝野
大家都争着学习他
照着榜样的样子画自己的像
作为三线航天人
我也加入了学习的行列
可苦于没有他那颗尖端的头脑
那副对苦难熟视无睹的眼镜
更理解不了他对生死的理解
只好远远仰望那座金字塔
唱起一支又一支歌来
直到有一天
人们在四川的境内发现
在深山老岭发现
一位声嘶力竭的歌手

唱完最后一支歌
扑倒在地
覆盖他的，除了诗歌
还有金字塔的光影
俩人之间
远不是一道秦岭的距离

1992 年 1 月 17 日于达县

丨 夏之辑 丨

他的木头会唱歌

李云鹤，1933 年 9 月出生，山东青州人。石窟壁画修复师。敦煌研究院原副所长、副研究员。曾获全国科学大会成果奖、文化部一等奖、2018 年“大国工匠年度人物”等荣誉。

面壁六十年

——致敦煌壁画修复师李云鹤

为了壁画的高寿、再高寿
你把自个儿的阳寿
尽可能长地
添在一个又一个
小小洞窟的
大时间里

面壁六十年
悬壶治病
四千多平方米壁画

五百余身塑像
记得你的望闻问切
记得你的刮骨疗伤
打针植皮

本是一只云中鹤
却把入洞面壁
作为自己
更高远的修行
更广大的飞翔
看不见的羽毛
一丝一丝，擦拭时间的补丁

2019 年 4 月 8 日

季克良，1939年4月出生，江苏南通人。中国酿酒大师。曾任贵州茅台集团名誉董事长、技术总顾问。享受国务院政府特殊津贴。曾获全国五一劳动奖章、全国劳动模范、2017工匠中国年度十大国匠等荣誉。

一滴最好的水

——致茅台酿酒大师季克良

我曾以一名“茅粉”的身份
在四川、贵州交界的那个小镇
听酱香的赤水
讲述你的传奇

从一滴流动的凝固里
见过雪山之巅
你那双
冰一样布满火焰的手

——那几乎就是茅台一词的形状

而住在你命里古窖中的河流
正在沉睡与大梦中
以你的执念
做造山运动般的发酵与提纯
成为世界上最好的
也是最重要的
一滴水

2019 年 4 月 8 日

沈从岐，1940 年 11 月出生，浙江庆元人。发明家。北京振国威经贸有限公司董事长。1966 年发明节能灶，20 世纪 80 年代研制成功木纤维安全帽，1992 年接到中国人民解放军总参任务，研制成功陆海空三军仪仗指挥刀、中华人民共和国升旗指挥刀。曾获 2008 年全国先进爱国企业家、2017 工匠中国年度十大国匠等荣誉。

刀之制

——致天下第一刀专利人沈从岐

从大海之蓝提纯盐
从大地之石
提纯玉

从长天之雷鸣中
提纯最锋利的
那一道闪电

号令海陆空

你千锤百炼的每一式刀法

每一句刀语

都有三生万物的力量与凯旋

都有十亿中国心

升高至太阳的辉煌与澄明

古称

刀之制有四

一曰仪刀，二曰障刀，三曰横刀，四曰陌刀

仪刀出鞘

刀的仪式平步如素，登高处低

皆是一览众山小

2019 年 4 月 7 日

张双福，1940年11月出生，福建上杭人。机电设计、质量管理研究员级高级工程师。四川航天技术研究院质量监督代表。1999年起享受国务院政府特殊津贴。航天部基础标准化专业委员会委员和热处理标准化专业委员会委员。曾获1982年国防科工委重大科技成果四等奖、1985年航天部科技进步二等奖等荣誉。

作为客家人

——致航天科技专家张双福

从上杭到上海
上海到北京
然后，把前方北京户口
迁到后方四川的
深山老林

现在，你在成都郊外

躬身、采气、养老
举头观飞奔的明月
低头望静止的流水
把星空
一件一件穿在身上

作为客家人
总善于怀揣一抔故土
到异乡布道
又把千里万里的感恩
捎回桑梓
去谱牒、保管、栽种

你是这样，又不完全是这样
你的异乡在天上
在故乡也能呼吸
也能喊答应的
众多的天上

2019 年 5 月 23 日

彭德泉，1947 年 12 月出生，四川通江人。古籍保护副研究员、修复师。四川西部文献修复中心名誉主任、传习所所长。中国图书馆学会会员，中国古籍保护协会理事。十余年来带领团队为境内外古籍公藏单位成功修复各种古籍、古字画等 1.5 万册（件）。

文明的长河

——致古籍修复师彭德泉

从诺水河到巴河
再到岷沱
你走到哪里
你的身体
就把你的河流带到哪里
你的河流
就把你的誓言带到哪里
你的誓言
就把你的书籍带到哪里

你的书籍
就把你的技艺带到哪里

现在
你蹲在未来的古代干活儿
是让古代流来古代
从你手上
一波一波
一直流下去

流动中
古代越来越古代
未来越来越未来
水再涓小、凶悍
都流得一笔不漏，一画不少

2019 年 5 月 24 日

朱恒银，1955年11月出生，安徽舒城人。地质钻探高级工程师。安徽省地质矿产勘查局313地质队副队长、副总工程师。享受国务院政府特殊津贴。曾获全国地质系统十佳科技工作者、全国劳动模范、李四光地质科学奖、2018年“大国工匠年度人物”等荣誉。

跟着矿脉走

——致地质钻探专家朱恒银

矿脉像一条飘忽不定的地龙
最喜欢待在
野外帐篷不能罩住的地方

或者就盘在
帐篷底下
那钻头无力抵达的深部岩芯

但现在不行了
现在
朱高工出现了

矿脉神龙见首不见尾
跑得再远
朱高工也能翻山越岭，拽住它的尾巴

藏得再深
也深不过
朱高工的金刚钻

据说这支金刚钻还去过龙门山
在离地面 1502. 30 米的断裂带
寻到了一块名叫“汶川大地震”的悲伤矿

咸咸的
词的晶体中
凝着泪的盐

2019 年 4 月 8 日

郭晋龙，1957年12月出生，焊轨代理高级工程师。中国铁路呼和浩特局集团公司焊轨段首席技师。曾获全国技术能手、火车头奖章、全国五一劳动奖章、全国劳动模范、国家科技进步二等奖、中华技能大奖、2017工匠中国年度十大国匠等荣誉。

铁路美容师

——致焊轨首席技师郭晋龙

列车总在提速
总在把一块铁
朝不胜寒的高处搬
人类总在车厢里挤
去往诗和远方
而总有时间、天气和不可控因素
给列车的飞奔挖坑、使绊子
弄一些坡坡坎坎
让我们的身体爬

制造麻烦和危险

作为轨焊首席技师
郭师傅
一生都在当轨道的修复师、美容师
他最拿手的技艺
是手都不用出
铁轨的皱纹
就在列车到来前
消失殆尽

去皱
他有的是专利
有的是办法
比如，像一只小船
压平所有大海的波浪

2019 年 4 月 9 日

范国琼，1957年8月出生，四川宜宾人。白酒勾兑师。五粮液集团五〇六车间主任。全国白酒专家委员会专家。曾获中国白酒大师、全国劳动模范、全国“三八”红旗手、全国技术能手、四川十大杰出技术能手、“四川工匠”等荣誉。

味道的训练

——致五粮液勾兑师范国琼

二十四岁，开始品酒
让味觉
长出眼睛、耳朵和鼻子
让酒味
严重教育自己

入行三十八年
她一直在用品酒的技艺
勾兑酒

一直在用
自伤和自强的美学逻辑
试错，与水成为不错的朋友
成为
一点不水的酒知己

为当好父亲范玉平的衣钵传人
两万斤白酒
充当时间的教官

为保全酒的道义
她全身而退，素面朝天
远离了麻辣味、胭脂味
以及包括铜臭味在内的
首饰味

丈夫说
一个女人的化妆日课
她只在结婚时才有过一次
丈夫说

他喝酒喝不出酒味
全是醋味

2019 年 5 月 19 日

高凤林，1962 年 3 月出生，河北东光人。特种熔融焊接特级技师。中国航天科技集团第一研究院 211 厂高凤林班组组长，中华全国总工会兼职副主席。曾获全国劳动模范、2017 工匠中国年度十大国匠、2018 年“大国工匠年度人物”等荣誉。

焊接太空的人

——致航天焊接特级技师高凤林

让大地升起，穿越大气层
与太空焊接在一起
将人类的空间小念头
与美好的时间大远方
焊接在一起
是他蛰伏在车间班组里的
凌云志

他大约不会知道

有一个人

与他同年同月生

又在同一年

入职航天

而这个人所在的大三线

是他所在工厂的后方厂

我相信，这个世界，除了我

不会有第二人

能与这位焊接太空者

产生如此机缘

我有一种

戴着滤光镜朗诵长二捆的奇妙

现在

我要好好凭借这份机缘

为他写首诗

并尽可能写得像他的焊缝一样

胜得了高处寒

2019 年 4 月 8 日

商继红，1962年10月出生，四川崇州人。木作高级工程师。成都川雅木业有限公司总工程师，中国林学会木材科学分会理事。参与起草《钢琴音板》等多项行业标准。曾获2018年度全国乐器行业科技之星等荣誉。

他的木头会唱歌

——致钢琴音板专家商继红

像木头
太木了
——这是拿木头
形容一个人的笨
和不开窍

而商高工的工作之所以高级
是因为他可以拿他的木头
比喻一个人聪明

和脑袋瓜开窍

他的木头
或许是所有植物中
最艺术、最高妙、最魔幻的一种

他的木头叫钢琴音板
可以发出人的旋律
人的歌声

可以与万物达成
无须一字的久久共鸣
在高山流水间
寻到知音
寻到万古愁

2019 年 4 月 11 日

黄再军，1963年2月出生，湖南长沙人。健康保健执业医师、研究员。成都黄再军医院有限公司总经理。国际中医药联盟风湿病学术分会主席。曾获全国优秀中医院院长、首届中国科技之星、首届中国百名杰出青年中医、第三届四川省十大杰出青年、全军学雷锋标兵、第二届世界传统医学民族医药之星等荣誉。

让风带走风

——致风湿病执业医师黄再军

他那家医院我去过
背倚龙泉山，一览锦官城
好些湿得不舒服的人
在那里晒阳光城的太阳

在那里吹风
让风揭开成都平原祖传的面上的湿

抽汲人体内里
藏猫猫的湿
让风带走风

2007 年春天
我的父亲住过那家医院
他是去梳理身体病句的
但主要还是去打通关节
打通疼痛、人生
和生命的关节

父亲走了好多年了
走得清爽、干净
不带一丁点儿风湿

2019 年 5 月 24 日

王浩，1963 年 11 月出生，湖北丹江口人。车削高级技师。中国航空工业集团成都凯天电子股份有限公司技术工人。2014 年被评为享受国务院政府特殊津贴专家。曾获航空工业集团首席技能专家等荣誉。

刀的道行

——致航空车削高级技师王浩

这把刀
可以拿最硬的家伙开刀
可以让万物飞旋如太阳神鸟

这把刀
可以挟持极寒
压抑酷热

可以把一个薄字

无限切下去
让它

薄得
可以透过大气层最熹微的光
照亮最阴暗的物事

这把刀哪里是刀
它是刀主的筋骨
刀主的道

2019 年 3 月 25 日

刘更生，1964 年 10 月出生，祖籍河北邢台。家具修复大师。北京金隅天坛家具股份有限公司龙顺成公司工艺总监。第二批国家级非物质文化遗产项目京作硬木家具制作技艺第五代代表性传承人。曾获全国五一劳动奖章、2021 年“大国工匠年度人物”等荣誉称号。

第三只眼，第三只手

——致家具修复大师刘更生

他说

刚开始当学徒

都要先学开榫、凿眼

我在凿眼时

一下把眼凿坏了

师傅非常生气

师傅心疼这块料

他吓坏了

一夜之间

比常人多出了一只眼

修复家具

不再是学徒

而是那块料了

是那块料了

就有了第三只手

他说

国家对红木家具平整度要求

小于 0. 2 毫米

而我们

对冬奥会产品平整度要求

是小于 0. 1 毫米

没有三只眼的聚焦

怎么可以

将锛凿斧锯

玩得像朽木一样可雕
非流水亦不腐
非户枢亦不蠹

没有三只手的共力
怎么可以
让古今几百上千年的光阴
在小于 0.1 毫米的地方
在无数卯窍之间
集合，自由转圜

2022 年 7 月 8 日

程政，1964 年 10 月出生，重庆江津人。压电材料开发高级工程师。成都汇通西电电子有限公司技术副总。曾获 1992 年度四川省科学技术进步二等奖等荣誉。

附身的专业术语

——致压电陶瓷专家程政

星期一你在时间之屋为空间配方
星期二你将筋骨能和思想能铺排在一缕纤维上
星期三你的晨练除了压电性
还有介电性和弹性

星期四你的发言通篇都飞翔着铁电性的晶粒
星期五你在远方的超声波传感器上
接收空气耦合的唱诗

双休日呢

你的酒局、乡愁、重庆、金堂
开始正负电荷位移
发生相对而欢乐的极化

对于一位压电陶瓷专家
除了如此这般描述
还有别的语言和磁场可资代入？

2019 年 3 月 27 日

张明胜，1964 年 12 月出生，四川成都人。石墨坩埚专家。成都市天府石墨坩埚有限公司研发者。2011 年参与起草石墨坩埚国家标准。获有“成都工匠”等荣誉。

最高境界

——致石墨坩埚专家张明胜

这之前
干过无线电、车削、铸造和耐火材料
这之前
当过车间主任、个企老板

这之前
发明了这样、那样
都成功了
但都不是最高境界

金庸笔下
剑客的最高境界是手中无剑
——以万物为剑
甚至以一脉流水、一把空气为剑

而百行百业呢
则是以制定规则为最高境界
是的，后来的他，现在的他
参与了石墨坩埚国家标准的起草

他的情况，就是这样的

2019 年 3 月 26 日

刘碧清，1966 年 7 月出生，四川邛崃人。茶叶加工高级评茶师。成都市碧涛茶业有限公司技术总监。曾获成都市人民政府专利优秀奖、2019 年“成都工匠”等荣誉。

4000 吨茶叶的动静

——致高级评茶师刘碧清

茶马古道
有很多热肠、技艺
你只取其中一滴

茶马互市
有很多商机、森林
你只取其中一叶

三十六年躬耕，只为耕出
最好一滴水

最好一片叶

你的小如芽尖的种植加工技术
不仅覆盖成都平原
还覆盖
包括茶源蒙顶山在内的
大大小小山头

你弄出的 4000 吨茶叶的动静
4000 吨滋味与 4000 吨人生沉浮
恐怕一万条河流
也只能泡开、冲淡
而不能洗白

2019 年 5 月 12 日

蒋英丽，1968年2月出生，四川古蔺人。酿酒高级工程师。古蔺郎酒厂有限公司总经理、总工程师。国家级评酒委员，酿酒高级品酒师，享受国务院政府特殊津贴专家，四川省非物质文化遗产项目代表性传承人。主研的科研项目分获省科技进步一等奖一项，二等奖一项，三等奖三项。

水中的字

——致郎酒酿制大师蒋英丽

你论的文，你著的述
我都没读过
就是读了，估计也读不懂

但我喝过
你酿的酒。但我喝得最多的
就是你酿的酒

你酿的酒中有一条河

它把我带去过天空
又把我拉回到大地

它让我见了大海
又让我做了
庄子逍遥游

你的同事、我的诗友明政告诉我
当你把她酿的酒
喝得神采飞扬

也就意味把她的文字读过了
读懂了
读舒服了。也就意味

可以把世界的倒影，读出水面
即便深一脚浅一脚
即便胡说八道，连蒙带猜
也算读到家了

2019 年 5 月 24 日

王林，1968年6月出生，四川达州人。加工中心操作特级技师。中国航天科技集团四川航天长征装备制造有限公司车间班组长。“王林技能大师工作室”领办人。享受国务院政府特殊津贴。曾获全国技术能手、航天贡献奖、航天技术能手、四川省有突出贡献的优秀专家等荣誉。

天　人

——致航天加工中心特级技师王林

探月

必须把一个零件的内环、外环

旋转至圆满——

王林用一个定心装置就解决了问题

神舟飞船飞起来

必须把一个座子的合格率提高到百分百

——王林用一套

逼近+定位+转换的组合绝招
就达到了目标

王林的奇迹多多
仅这两个天上的例子
就让我惊为天人

2019 年 4 月 11 日

周平红，1968 年 9 月出生，江苏泰兴人。消化内镜微创治疗主任医师。复旦大学附属中山医院普外科内镜中心主任，博士生导师。美国消化内镜学会（ASGE）国际委员会委员。“周平红大国工匠工作站”领办人。曾获 2010 年上海市医学科技进步一等奖、2011 年上海市科技进步三等奖、2012 年上海市优秀发明选拔赛银奖、2017 年“上海工匠”等荣誉。2016 年入选央视“大国工匠”纪录片。

内部的大海

——致内镜微创治疗主任医师周平红

进入一个人身体的内部
进入内部的内部
进入太阳与月亮走一万年也
不能抵达的地方
他找到了自己的大海

他在 0.4 厘米厚的食道壁上

打隧道
他的手艺有多精微
他的大海就有多广大

他从不做表面文章
从不动刀、穿孔
给我们带来切肤之痛和
永不能愈合的
伤疤

把内镜手术
从胃肠道腔，延伸到胸腔、腹腔
是他将他的大海
从大海中化蝶出来
浩瀚到一个天空
又一个天空

2019 年 5 月 19 日

彭祥华，1969年6月出生，重庆铜梁人。隧道爆破工，技师。中铁二局第二工程有限公司工程管理部技术中心专家。曾获“大国工匠”提名、中央电视台“大国工匠”栏目人物、火车头奖章、中国中铁“十大专家型工人”、四川国企十大工匠、“四川工匠”、四川省五一劳动奖章等荣誉。

礼　炮

——致铁路隧道建设爆破能手彭祥华

二十多年
一直在放炮
他一直在为他的国家放礼炮

二十多年
放了多少挂、多少响
多得自己都不记得

他的
最让人叫绝的礼炮
在川藏铁路隧道里爆响

他让青藏高原
软若豆腐的岩层
在空无一物的光面，发出

干净利落的脆响——其精准的程度
堪比钟表的
约会

至于
上阵父子兵的故事，则是他用
血脉传承血脉，礼炮点响礼炮

2019 年 4 月 11 日

焦洪林，1969 年 9 月出生，四川新津人。桥梁、轨道研发高级工程师。成都市新筑路桥机械股份有限公司技术研究院副院长。曾获四川省科学技术三等奖、成都市五一劳动奖章等荣誉。

腾挪大法

——致桥梁轨道专家焦洪林

是读着金庸长大的一代吧
不然
脑瓜里怎么就突然冒出
腾挪大法的灵感

本是干桥梁的
一不小心
腾挪到了轨道

桥梁飞架天堑，何其金汤

你却可以设计伸缩装置
让它由此及彼，来个大位移

轨道铺排，道钉、枕木共力
何其绵密
你却可以不用扣件
把一列火车连续支撑去远方

最后，腾挪返家
将桥梁与轨道叠拼一起
请一条长龙呼啸而来
飞过大江大河

2019 年 3 月 27 日

舒洪波，1969年9月出生，北京人。烟机设备修理高级技师。四川中烟工业有限公司成都卷烟厂卷包车间维修班长。烟草行业职业技能鉴定卷接专业专家。拥有多项专利。“舒洪波（钳工）技能大师工作室”领办人。曾获国家烟草专卖局全国烟草技术能手、四川省国资委系统知识型技能型先进职工、2015年四川省劳动模范等荣誉。

虎口中的宽窄

——致烟机修理高级技师舒洪波

让自己的责任田
不生莠，不产素
仅仅靠细如游丝
浩若天空的宽窄之道
就能满足一种状态
是舒师傅的独门绝技和
人生哲学

舒师傅知道
舒师傅的责任田知道
最考手艺的宽窄
是身处虎口的钳制
还享有吐纳的自由

虎口拔牙
与虎谋皮
舒师傅知道
这是古人传下来的两个成语
但在他这里
已经过气

2019 年 5 月 24 日

| 秋之辑 |

手　感

谭文波，1970 年 12 月出生，重庆万州人。石油钻探高级技师。中国石油集团西部钻探公司试油公司井下作业一线工人。曾获全国五一劳动奖章、全国最美职工、2018 年“大国工匠年度人物”等荣誉。

钻进石头取油的人

——致石油钻探高级技师谭文波

榨石头的油
可不是一件容易的事儿
钻进石头内部榨油
更难
弄得不好
就被一场飞来的意外
落井下石

谭师傅却是一位

不怕问题的厉主
但凡影响出油的
那些油头滑脑的疑难杂症
他都能解决

一线工人能解决的他能解决
一线工人不能解决的
他也能解决
他的那些发明、专利
那些飞翔着穿山甲的星空
正是他打石取火的
解决之道

2019 年 4 月 8 日

杨林，1971年9月出生，四川三台人。设备点检管理高级技师。攀钢集团西昌钢钒有限公司炼铁厂点检组长、首席技师。中国工会第十七次代表大会代表，享受国务院政府特殊津贴。曾获第65届德国纽伦堡国际发明展银奖、四川国企十大工匠、四川工匠、四川省劳动模范等荣誉。

人是铁，饭是钢

——致攀钢点检高级技师杨林

人是铁，饭是钢
一顿不吃饿得慌
杨林深谙这句俗语的学理
只不过

他把不管什么人
都离不开粮食这个意思
理解成了不管生产什么钢铁

都离不开设备的点检

杨林在钢铁丛林中的点检
像摸骨，像抚琴
轻得那么巧的手法
含钒，含钛

不管什么样的点位
都牵连着两个字：
一是大国重器的重
一是人民铁饭碗的铁

在攀钢，我没有见到杨林
但我的双耳双目
双手双脚，对应的
无不是他的两个字

2019 年 5 月 19 日

乔素凯，1972年10月出生，山西黎城人。核燃料工程师。中国广核集团运营公司大修中心核燃料服务分部核燃料修复师。曾获全国技术能手、中央企业劳动模范、2018年“大国工匠年度人物”等荣誉。

骨　头

——致核燃料修复师乔素凯

一个人全部的能量使出来
也就是二百零六块骨头的力
这是不够的

即便加上
煤矿、石油，和广泛的风水
也不够

人类的生存、发展

以及探索宇宙之路的远大梦想
还需要新能源的加持

中国的新能源
还需要一位叫乔素凯的人
加持

此人端的了得啊
全国一半以上核电机组的核燃料
都由他操作

这样算来，他身体内每块骨头
都是核燃料棒的
N 次方聚合与裂变

都是
梦、小说、电子游戏
将太阳兑现

2019 年 4 月 9 日

刘勋琦，1973年1月出生，重庆万州人。装备制造，飞机铆装钳工。成都飞机工业（集团）有限责任公司部装二厂高级技师。获有中航工业航空报国金奖、重点型号研制首飞个人一等功、四川省五一劳动奖章、中航工业技术能手、中航工业飞机铆装钳工首席技能专家等荣誉。

洞　穴

——致中航工业飞机铆装钳工首席技能专家刘勋琦

洞穴是人类最原始的家
这个家被大地支撑
又被大地羁绊

你的想法
是让洞穴走出洞穴
延伸到天上

但首先要在硬核的复合材料上钻孔
但首先要给狂风的机翼曲面打眼
但首先要为至暗的蒙皮封闭区开光

这有多难你知道吗
就像把水凿出一个洞
把空气凿出一个穴

但到底是成功了
天上人间，就在你的一把钳技里
一门心思里

2020 年 4 月 12 日

奉正东，1973年5月出生，四川蓬安人。数控铣高级技师。成都国光电气股份有限公司数控铣操作工。曾获四川省五一劳动奖章，四川省第三届职工职业技能大赛加工中心组第一名等荣誉。

刀子的回馈

——致数控铣高级技师奉正东

铣工装夹具
铣精微深孔
铣人生态度
铣
人所不能铣

自己都没想到
近三十年的
铣削生涯
一刀

一刀
竟把一枚
金光闪闪的劳动奖章
铣了出来

把他骨子里的传记
铣了出来
当他把自己铣成铣刀
那是铣刀
向铣刀致敬

2019 年 3 月 25 日

祝建坤，1973年6月出生，河南夏邑人。电工技术高级工程师。中电建成都混凝土制品有限公司一级项目经理。曾获成都市五一劳动奖章、2016—2017年度国家优质工程金质奖突出贡献奖等荣誉。

植树人手记

——致水电专家祝建坤

电是一棵隐身树
除了我们电工
没人能看见它

栽植它
把它作为
工作对象

电扎根大地，扎根上苍

枝蔓比地球繁茂
比天空远大

电是我的属相
二百零六块骨头
无一没有经过电打、电击

来电
过电
发出电的嘶鸣

电是古老的
比我的故乡夏邑
更为古老

又是先进的——
电有多少方向
未来就有多少方向

因为这些原因

我生命的混凝土

大冬天也带着电的温度与歌唱

2019 年 3 月 25 日

伍玉波，1973年11月出生，四川富顺人。装备制造，加工中心操作工。四川华庆机械有限责任公司高级技师。国务院政府特殊津贴享有者。获有全国技术能手、中国兵器装备集团公司技能带头人、四川省五一劳动奖章等荣誉。

长江路159号

——致加工中心高级技师伍玉波

长江路159号
住的不是长江
而是一堆机械

有位叫伍玉波的富顺人
就住在这堆机械里
——就住在这堆机械的中心地带
干一些加工的活儿

具体来说
是把一堆机械梳理成一双手：
一双生长富足、顺遂和远方的手

像大地，将身边的清白江
梳理进沱江、长江
进而大海

2020 年 4 月 12 日

孟剑锋，1974年2月出生，辽宁沈阳人。錾艺高级工艺师。北京工美集团握拉菲首饰有限公司技术总监。国礼《和美》主要制作者。曾获2017工匠中国年度十大国匠等荣誉。

白银的丝巾无风自飘

——致錾刻大师孟剑锋

要让坚硬的金属
变得柔顺
你首先叫自己的十指
燃起雪中送炭的文火

模样千变万化
工艺美学
在你心中的斤两
不差分毫

最绝的绕指柔
是将白银
錾成头发般的
银丝

再用银丝
编织国礼
古老的技艺出神入化
巧夺天工

丝巾无风自飘
托起一片蔚蓝的海
又把海的蔚蓝
尽数打包

2019 年 4 月 8 日

潘玉华，1975 年 4 月出生，四川荣县人。无线电装接高级技师。中国电子科技集团公司第二十九所技工。曾获第三届中国质量奖唯一个人奖、全国技术能手、全国“最美职工”、IPC 手工焊接技能大赛全国总决赛冠军等荣誉。系央视《大国工匠》专题片入选人物。

手　感

——致无线电装接高级技师潘玉华

脚在大地
手在航空航天
她的军工绣娘声誉
是她的手感
带来的

她的手感
在她所在领域

无人能及

CCGA 封装器材植柱工艺
是什么意思呢
打个比喻
就是在一元硬币大小地盘
建 1144 幢房子

她说
要做到这个
必须练就一项本事
那就是
在一个盛满水的茶杯
徒手放入 50 枚一元硬币
而水
一滴不溢

这就是她的手感
她的
比人类天空大一万倍

比自己的毛细血管

小一万倍的

手感

2019 年 7 月 12 日

孙红梅，1975 年 12 月出生，山东沂源人。中国人民解放军第 5713 工厂高级工程师，中国空军航空修理系统焊接专业首席专家。曾荣获全国五一劳动奖章、全国五一巾帼标兵、全国三八红旗手等称号。系 2019 年 “大国工匠年度人物”。

红梅花儿开

——致中国人民解放军第 5713 工厂高级工程师孙红梅

5713 是一个厂名
孙红梅
是她大学毕业
进厂报到时的名字
这个名字
是泰鲁沂山脉为她取的

军用飞机发动机修理
是 5713 的工作名

战鹰心脏手术师
是孙红梅的工作名
也是她现如今的名号

现如今的名号
是她用二十多年的
青春、热血和寂寞
一枪一枪，一点一点
焊出来的
是无数心外手术方案
一例一例，一刀一刀
做出来的

比如这个方案
是在半个手掌大的手术台
做微创手术
修复后的变形量
只有一根头发丝的
二十五分之一

从泰鲁沂山脉

到鄂西北大山深处

看她的事迹

看一遍是红梅花儿开

战鹰飞起来

再看一遍

还是

2022 年 7 月 9 日

禹峰，1977 年 3 月出生，四川江安人。电工，高级技师。成都环球特种玻璃制造有限公司设备技术主管。曾获成都市技能标兵、成都市五一劳动奖章等荣誉。

穿行在玻璃中的电

——致电工能手禹峰

玻璃是绝缘的
但禹峰的电
却能在玻璃中穿行

禹峰在一家玻璃制造公司上班
他是这家公司的电技大拿
当地的金牌工人

在玻璃中上班的电工
生命带电

电是透明的，人是透明的
连心也是透明的

再隐秘的独门绝招
都在玻璃的编程里自动开放
都在玻璃的空气中
游刃有余

见红
杀人
裂变的玻璃什么招都有
偏偏是，这块名叫禹峰的玻璃
即便遭电打，也从不裂变

2019 年 3 月 28 日

魏举明，1978 年 2 月出生，四川三台人。光纤光缆研发工程师。富通光纤光缆（成都）有限公司技术部部长。曾获“成都工匠”、2017 年度富通集团优秀科技工作者、2017 年度富通集团西南管理总部知识产权贡献一等奖等荣誉。

通　道

——致光纤光缆专家魏举明

所谓通道
就是让两处或近或远的空间
产生联系，以期取得
或公开或隐秘的利益
秦能并蜀
就是让咸阳与成都
产生了联系

除了陆道的足、马、车

那些舟楫、漂木
那些信鸽、飞机
以及电线、网络
也是道

魏举明深谙其道
但他只以光纤光缆为道
换言之
他最喜的事儿
是当个走绳人
在一丝毫发上
走出最纤细的
星辰大海

2019 年 3 月 27 日

杨显君，1978 年 10 月出生，四川郫都人。加工中心操作工，高级技师。中国航空工业集团成都凯天电子股份有限公司技术工人。2012 年被评为享受国务院政府特殊津贴专家。曾获全国技术能手、中航工业首席技能专家等荣誉。

所谓操作

——致加工中心高级技师杨显君

所谓操作，就是将一张纸
变成一块金属
就是将一台寂寞的庞然大物盘活
请它发出机电的声响

所谓操作
就是让自己的肢体动起来
将心智和骨肉的劲道传达到手指

在他们那个行当
很多人都有动手能力
只是做不到在高速上操作超高速
更不能把自己的小理想
数控至伟大

但杨显君，他能

2019 年 3 月 25 日

邬建军，1979年2月出生，重庆垫江人。装备制造加工中心高级技师。成都飞机工业（集团）有限责任公司数控加工厂加工中心首席操作技师。获有全国技术能手、四川省技术能手、四川省五一劳动奖章、中航工业技术能手、中航工业优秀青年等荣誉。

论 中 心

——致成飞加工中心首席技师邬建军

在成飞数控加工厂
加工以加工中心为中心
加工中心以刀法为中心
刀法以数控为中心
数控以你为中心
你以你的手为中心
你的手
以你的心为中心

在你的心的世界

中心是地上的一盏灯

天上的一颗星

放出光

又收回光

星光在收放之间

向着你手艺的方向

一直灿烂

2020 年 4 月 12 日

王进，1979 年 4 月出生，山东临沂人。电路检修工程师。国家电网山东省电力公司检修公司输电检修中心带电班副班长。曾获全国劳动模范、全国青年岗位能手标兵、中国青年五四奖章、国家电网公司特等劳模、2018 年“大国工匠年度人物”等荣誉。

一个人的万家灯火

——致国家电网检修能手王进

你的天空在头上

在脚下

你的大地在一根电线上

一根比家里的电

大三千倍的地方

距这个地方

两米远的铜线

眨眼间会变成灰烬

二十年
电老虎在身体内外呼啸、奔跑
日出臂之左
日没臂之右

你的活儿
与虎谋皮，虎口拔牙
让老虎落在
平阳上

这样的活儿
任何一家保险公司都会拒保
但又总是
需要人干

你说
你感觉不到我的存在

那是因为我一直都在

这是一句让人心疼的大实话

2019 年 4 月 9 日

张东，1979年6月出生，四川绵阳人。邮政投递、邮政营销高级工。中国邮政集团成都市锦江区分公司投递管理员。曾获四川省五一劳动奖章、四川邮政特有职业技能竞赛投递全能第一等荣誉。

放飞神奇的鸽群

——致邮递能手张东

大约很少有人知道
放飞二字
为何一夜之间放飞开来
成为三四十年来
颜值不衰的热词

这个词
是诗人张建华
写一位邮政女工
写红的

此刻，诗一位邮递能手
我搜肠刮肚，骑驴推敲
除了放飞
竟没能寻到
更妥当的语汇

兄弟，你在锦江放飞邮件
接收邮件
安全，准确，及时
从小处说
像放飞万里船，接收千秋雪

从大处讲
像养鸽人对待鸽群
更像一位如我一般的老爷爷
往返幼稚园
接送自己的亲孙女

试错。遗落。被拐。遭劫。地震。洪水

地址人间蒸发
没有什么天灾人祸
能在你的功夫面前近身
更别说得手

2018 年 3 月 24 日

丨冬之辑丨

29 岁的大国工匠

雷志东，1980 年 11 月出生，四川什邡人。制鞋技师。四川非意欧国际皮革制品有限公司研发经理。曾获“成都工匠”、2017 年汇都杯四川省鞋类设计师技能大赛暨首届全国鞋类设计师职业技能竞赛西南片区选拔赛优胜奖。

什邡人氏

——致女鞋研发能手雷志东

什邡大地
有不少著名的行走
比如治水的李冰
布道的马祖

作为曾经的军人
他也有一双大踏步的男足
但他的职志
是用世界上

最优秀男性的行走语言

去制造女性的

万千动感

为了增添女子的婀娜

抬升女子的海拔

他那登上

伦敦、巴黎、纽约时装周展台的行走

甚至不惜

将自己的手上技艺

让女子穿在脚上

踩在脚下……

2019 年 3 月 29 日

刘剑光，1981年3月出生，广东东莞人。新能源研发工程师。四川西丹孚能源科技有限公司常务副总经理。拥有技术发明专利4项、实用新型专利17项。获有“成都工匠”等荣誉。

不懂就问

——致新能源专家刘剑光

一种新型电解液废气零排放环保系统
一种用于精益生产线的物料智能投送系统
一种NMP回收系统
一种新型的锂电池电解液高效连续消泡供料系统

对于你发明的这四种系统
还真不懂呢

是不是把废气排出去，而不污染大地、天空
而不把能源附带出去，这跟我们咳嗽

只咳出毒不咯血类似？

是不是
将能源完美充进电池而不拖沓
而不泄漏，与我们吃饭不紧不慢
不掉落一粒粮食，将胃袋填得舒舒服服同理？

你还没回答呢
我提问的能源已上气不接下气

2019 年 5 月 11 日

费希，1981年12月出生，四川崇州人。邮政金融转型督导，技师。中国邮政集团四川省大邑县分公司金融转型督导。曾获四川省五一劳动奖章、2015年全国邮政特有职业技能竞赛代理金融营销个人优秀奖、分析客户开发案例第一名等荣誉。

进入邮的内部

——致邮政金融能手费希

作为大邑刘氏庄园曾经的讲解员
以及曾经的待业青年
不进入邮的内部
何以能够快速转型到邮的队列
又何以能够完成邮的转型

不进入邮的内部，何以能够
在全国邮政竞技中
一揽营销的奖杯

再夺分析的冠军
又何以成为
四川省五一劳动奖章得主

进入邮的内部
恰恰是让邮像太阳神鸟一样
向外展形
扩大天空的边界与可能

正是扩大的边界反过来的哺育
让这个叫费希的小妹
在自身内部
有了邮的属相、血型，邮的上下游
有了上下游的蓬勃生长

2019 年 3 月 31 日

甘祥，1982年1月出生，四川资中人。电路焊接装配高级工程师。四川海特亚美航空技术有限公司研发中心技术骨干。曾获国防科学技术进步奖一等奖、“成都工匠”等荣誉。

修理天空

——致电路焊接专家甘祥

你不负责大气层以上的太空、航天
你只负责大气层肚子里的
风云、航空

没错，你的修理领域在天空
在蓝天白云间
在一只金属的鸟儿身上

空气的大风
比刀子锋利

刀刀砍在你的心上

修理鸟儿
实际上是修理天空
在天空中修理出一条隧道
让鸟儿飞过去

飞回来
让鸟儿成为另一天空
天空的血亲
蓝天白云的后代

2019 年 3 月 31 日

杨益群，1982 年 4 月出生，安徽望江县人。技术服务和地质勘察，测绘技师。成都市勘察测绘研究院高级工程师。获有全国测绘地理信息行业优秀技能人才、“四川工匠”、四川省技术能手、四川省地理信息技术能手、四川省测绘地理信息行业职业技能竞赛第一名等荣誉。

且认他乡作故乡

——致勘察测绘高级工程师杨益群

对于成都，九天开出的信息
万户千门入画图
而你是画图的作者

那一年，你放下安徽
放下比万里船更多的风物和诗歌
只关心这座城池的地理

对于成都，不管怎样上天入地
都是物理的大尺度
精神的微距离

有龙泉山寻找龙门山
在沱江寻找岷江
在你的脚底板寻找成都时间

光阴深处采集、地表上发布——
你太忙了
忙得像诗经中的采诗官

离家十六年，身体里的硬盘
皆为地理信息
——笔笔画画，且认他乡作故乡

2020 年 4 月 13 日

冯存江，1982 年 6 月出生，江苏徐州人。项目经理，高级工程师。中材科技（成都）有限公司副总工程师。曾获 2016 年度中材集团科技进步奖二等奖、“成都工匠”等荣誉。

住在气瓶中的人

——致压力容器专家冯存江

住在气瓶中的人
也就是与气同居一室者
与狼共舞者

必须做到
与气和平共处、打成一片
让气为人类服务

必须防着气泄气、逃跑
或者猛扑过来

爆炸，反咬一口

住在气瓶中的人
乃是以气瓶为家者
必须胆大心细，手艺高超

即便大开瓶口，家也不会溜走
即便拉伸内胆
脸也不会变色

为保持气压精准、恒稳
住在气瓶中的人
有气也不能生

2019 年 3 月 26 日

吴承全，1983年6月出生，广西宾阳人。汽车维修高级技师。中国长安汽车集团成都华川电装有限责任公司维修电工。曾获四川省五一劳动奖章、中央企业技术能手、中国兵器装备集团技术能手等荣誉。

驿 丞

——致维修电工能手吴承全

古代
有一种只干事、不入品的官
叫驿丞
掌驿站车马维护、保养和迎送
是驿丞的工作

吴承全干的活儿
就有这么一点意思
就是说，他先进的技术

其实深藏古老的技艺

山高水长
路那么远，时间那么坎坷
能从驿丞跑出来
风跑成电
电跑成高级技师

能从古代穿越到当下
是因为他身怀绝技
——相当于怀揣
畅通无阻的
符信、马牌、路引和护照

比如他研制的
雨刮电机复位仪器
就可以将一万公里雨障
排开在肉眼之外

在吴师傅这里

眼到手到，手到病除

是说眼睛通顺了，手艺就通顺了

手艺通顺了，心路

就来电了

2019 年 3 月 27 日

胡安林，1983 年 10 月出生，四川泸县人。消防技术高级工程师。威特龙消防安全集团股份公司研发专家、创客空间技术带头人。曾获四川省科技进步二等奖、安监总局第六届科技成果奖二等奖等荣誉。

空 手 道

——致创客空间专家胡安林

他居住的空间叫创客
他工作的对象
叫消防

他成天都在琢磨空气
把空气抓在手心捏来捏去
感受它们的呼吸、形体和肉香
然后把捏出的作品移出空间
接上地气

天然气站、石油储罐、西藏古建和
泸州老窖，都是
他作品生根的地方

他对它们说
不能燃爆的，就不准燃爆
万一燃爆了，也要以毒攻毒
以火的速度和势头，扑杀之

他的手心
随时都在演绎水火博弈
而他总是站在火的对立面
让水胜出

胜得那么自然
像大海接住流水，流水接住雨
雨接住电闪雷鸣

2019 年 3 月 31 日

唐耀华，1985年10月出生，四川德阳人。啤酒品评高级技师。青岛啤酒（成都）有限公司品酒师。国家级啤酒评酒委员。曾获全国酿酒行业技术能手、青岛啤酒全国第五届职业技能大赛品酒品评技术能手等荣誉。

一枝啤酒花

——致啤酒品评师唐耀华

她从这瓶水中
品得出
青岛大海蔚蓝色的味道
红瓦上白云的味道
以及味道中的
大小麦芽的味道
酶、面包和
氨基酸的味道

这些味道
都是她的亲人与朋友
她成天与他们打成一片
好得难分彼此
好得分得出彼此

所有植物中
她最爱啤酒花
因为她自己
就是一枝啤酒花
因为她的大世界、小秘密
就是一枝啤酒花

2019 年 5 月 12 日

邓强，1986年1月出生，四川华蓥市人。电子信息，混合集成电路装调工。中国电子科技集团公司第二十九研究所技工。获有成都市百万职工技能大赛芯片装架第二名、2018年中电科集团混合集成电路装调工职业技能大赛第二名、国资委中央企业技术能手和电科技术能手等荣誉。

华蓥山人物

——致集成电路装调工邓强

我看见一个人
从山上走向成都平原
把一条长路
走成一座12微米的桥
这座桥叫朗格桥

我看见这个人
焊在桥上的声音很热

这个人摘掉劈刀上的嵌金
让劈刀发出金子的光

我看见一把劈刀
拔出深腔
刀龄陡增
老得那么年轻、锋利、响亮

这个人
姓邓名强
祖上乃华蓥山人物

2020 年 4 月 11 日

董吉，1986 年 9 月出生，四川资阳人。钳工，高级技师。中国航空工业集团成都凯天电子股份有限公司技术工人。曾获四川省五一劳动奖章、四川省技术能手等荣誉。

无穷的手

——致高级技师（钳工）董吉

一只手在机电里攻丝
一只手在洞孔中工装
一只手研磨，一只手发明

从手到手
每一种拿捏
都是山河的艺术

指纹、指骨、指肉、指血
复合的逻辑与美学

让冷冰冰的金属活色生香，伸出

瘦骨嶙峋身肥体胖的巨手来
握着你巴掌大的手艺
久久不放

2019年3月25日

邓海军，1988 年 6 月出生，四川资阳人。加工中心操作工，高级技师。中国航空工业集团成都凯天电子股份有限公司技术工人。曾获第 42 届世界技能大赛全国选拔赛第二名（入选国家集训队）、全国技术能手、全国青年岗位能手等荣誉。

一个数字的消息

——致加工中心高级技师邓海军

操作加工中心容易
操作五轴联动加工中心
不容易

让五张嘴发出同一种声音
让五颗心跳出同一种频率
让五条河流登上珠穆朗玛峰会师
跟邓海军一样，都是不容易的
那是让五根飞速旋转的光影

只听小邓师傅的话

比如金木水火土的联动
比如仁义礼智信的共情
就只听一个人的话
这个人居东方
叫上下五千年

这个下午
我读小邓师傅的话语
听到了五线谱的回忆

2019 年 3 月 25 日

吴锐，1989 年 8 月出生，四川都江堰人。宝利根（成都）精密模塑有限公司慢走丝技术工人。曾获 2015 年全国技能大赛一等奖、2015 年全国技术能手、2017 年全国技术能手等荣誉。

慢走丝

——致慢走丝能手吴锐

作为慢走丝线切割的操纵者
你在尺度、温度和精度的切线上
在无数种可能的最大公约数上
度日如年
一不小心，就会坠入报废的深渊

——踩绳人的命，是被绳吊起的

吴锐，我的都江堰老乡
二〇一六年，二十七岁的你

就在全国夺冠

获拥了最慢的快，最窄的宽

连青城山的古庙、岷江的漩涡都知道

你踩的任何绳

都是奇迹的保险绳

慢得，细若游丝

2019 年 3 月 27 日

陈行行，1990年10月出生，山东微山人。加工中心高级技师。中国工程物理研究院机械制造工艺研究所特聘技师。曾获山东省富民兴鲁劳动奖章、山东省技术能手、全国五一劳动奖章、全国技术能手、四川工匠、第六届全国数控技能大赛加工中心（四轴）职工组第一名、2018年“大国工匠年度人物”等荣誉。

29岁的大国工匠

——致加工中心高级技师陈行行

从山东到四川
微山湖到涪江
陈行行
一位年轻的老师傅
成了无数高端蓝图的
特聘对象

在绵阳，在游仙区
古代出仙人的地方
成了穿行在科技大山中的
新神仙

他面对一块金属、一丝电流的
方法论和动手能力
让浮在空中的图纸
坐落在
他那双巧手的大地

让薄得不能再薄的纸
厚得不能再厚
刚好等于大国重器的大和重

2019 年 5 月 20 日

乔斌，1992 年 2 月出生，四川邛崃人。钳工，技师。中国航空工业集团成都凯天电子股份有限公司技术工人。曾获第 13 届全国青年职业技能竞赛（模具工）第十三名、2017 年四川省青年岗位能手等荣誉。

古老的技艺

——致钳工能手乔斌

钳工首先与老虎有关
可以虎口拔牙，也可以变虎口为虎钳
没有比钳
更全面、更古老的工种了
十八般武艺无一不精

至于，车铣刨磨钳
他叨陪末座
那是他拒绝所有外来能量的加持

你看，手一碰到工件
身体的每个细节
都在发电

上下五千年，耳传口授
每一位钳工都有最好的牙口
上乘的筋骨削铁如泥
有放不完的电

2019 年 3 月 25 日

张易，1993 年 10 月出生，四川简阳人。无线电装接中级工。中国电子科技集团第十所制造部技术工人。曾获四川省五一劳动奖章、2017 年 IPC 手工焊接世界决赛总冠军等荣誉。

一线小妹妹

——致 IPC 焊接能手张易

她是从石桥井的水中出世的
一睁眼
就看见龙泉山东坡
最紫气的阳光
赤橙黄绿青蓝紫，与她的目光对接

——就像她后来，拿手指
将无线电焊接

最先发现这个等式的

是一只著名的简州猫
最先解答这个算式的
是两对惊艳飞临的太阳鸟

这位“90 后”小妹妹，她在一线
一直都在一线

眼睛是一线的
心和手指的美
是一线的——连有限的电见了她
都会变身无线
电一下，又电一下

2019 年 3 月 24 日

图书在版编目（CIP）数据
怀揣手艺的人 / 凸凹著. —北京：中国工人出版社，2023.5
ISBN 978-7-5008-8062-2
Ⅰ.①怀…　Ⅱ.①凸…　Ⅲ.①诗集－中国－当代　Ⅳ.①I227
中国国家版本馆CIP数据核字（2023）第084233号

怀揣手艺的人

出 版 人　董　宽
责任编辑　宋　杨　李　骁
责任校对　张　彦
责任印制　黄　丽
出版发行　中国工人出版社
地　　址　北京市东城区鼓楼外大街45号　邮编：100120
网　　址　http://www.wp-china.com
电　　话　（010）62005043（总编室）
（010）62005039（印制管理中心）
（010）62379038（社科文艺分社）
发行热线　（010）82029051　62383056
经　　销　各地书店
印　　刷　三河市东方印刷有限公司
开　　本　787毫米×1092毫米　1/32
印　　张　5.625
字　　数　40千字
版　　次　2023年8月第1版　2023年8月第1次印刷
定　　价　28.00元